LE FOND

DE LA QUESTION.

DE L'IMP. DE M^e. JEUNEHOMME-CRÉMIÈRE,

RUE HAUTEFEUILLE, N° 20.

LE FOND

DE LA QUESTION

PAR M. BÉNABEN.

A PARIS,

CHEZ TOUS LES MARCHANDS DE NOUVEAUTÉS.

1818.

J'AVAIS jeté quelques notes marginales sur le dernier livre de M. Fiévée, selon ma coutume, qui est aussi celle de M. Fiévée. Des personnes qui en ont pris connaissance, ont desiré que j'en fisse part au public. Ne voyant pas plus de raisons pour refuser, que pour consentir, j'ai consenti. Je savais pourtant le vieil adage : *Dans le doute, abstiens-toi*. Mais où est l'homme qui se laisse toujours conduire par des adages?

LE FOND
DE LA QUESTION.

CHAPITRE PREMIER.

Le fond de la question ! Tel est le titre donné
par M. Fiévée à l'un des paragraphes de son
dernier livre. Ce paragraphe attirait naturellement mon attention de préférence à tous
les autres. Qu'ai-je à faire, du reste, me disais-
je, si je tiens le nœud ? On le cherche depuis
si long-temps ! J'ai lu, et n'ayant pas trouvé ce
que je cherchais, j'ai trouvé ce que je ne
cherchais pas.

Ceci m'a donné l'envie de parcourir tout
l'ouvrage ; il faut que je l'avoue, une première
lecture m'a séduit. Esprit, raison, me disais-
je, rien n'y manque. L'auteur, à la vérité,
qui proclame emphatiquement une décou-
verte sur le ton de l'Euréka d'Archimède, n'a

rien découvert. Mais pourquoi scrait-il plus
modeste que tant d'autres? Si les détails sont
vrais, si les réflexions accessoires sont justes,
il y a toujours beaucoup à gagner avec lui.
En relisant son livre, je me suis convaincu
qu'il ne faut pas plus juger d'un ouvrage à la
première lecture, que d'une femme à la première entrevue. Plus on a la conscience de
quelque défaut secret, plus on met d'artifice
à le déguiser.

Mon intention n'est pas de soutenir ni de
réfuter les accusations de M. Fiévée contre
les ministres. Le rôle de champion est diffi-
cile, et celui d'accusateur est souvent odieux.
Si, parmi les actes de leur administration, j'en
vois qui pourraient être mieux, j'en vois aussi
qui pourraient être plus mal. Je n'ai pas ap-
prouvé les restrictions qui gênent la presse;
mais je n'ai pu m'empêcher d'applaudir à la
loi qui nationalise l'armée. Je sens bien qu'on
me prive d'une partie de ma liberté; mais on
me fait chérir du moins de bons défenseurs
pour ce qui m'en reste. Pour une garantie que
je perds, en voici une que je recouvre; j'avoue
que j'aurais infiniment mieux aimé les avoir
toutes, mais, n'en eussions-nous qu'une, celle-

ci pourra bien attirer à soi celles qui man-
quent.

Je n'écris que pour exposer mes doutes
sur le compte rendu de notre situation. Nous
serions, au dire de M. Fiévée, suspendus entre le despotisme que l'on essaierait en vain
d'exercer contre nous, et la liberté que nous
essaierions en vain de saisir, c'est-à-dire que
ministres et citoyens seraient tous comme
Tantale au milieu des eaux. C'est là une image
brillante, sans doute; mais je confesse en toute
humilité que je ne conçois pas ce qu'elle re-
présente. Un peuple qui n'est point libre, et
qui ne saurait être esclave, ou qui n'est point
esclave, et qui ne saurait être libre! Des
mesures despotiques, et une administration
incertaine! Des tortures accumulées par une
autorité impuissante! Explique ces énigmes
qui pourra. Je ne mets sûrement pas en doute
qu'il n'y ait dans le système actuel quelque
chose d'oblique, et que la marche de l'administration ne doive paraître gênée; mais à qui
la faute? à ceux qui ont semé sa route d'épi-
nes. Car enfin, ce ministère que vos cris accu-
sent, il est bien à vous, il est bien né de
vous. C'est bien sous vos auspices qu'il a essayé

ses premiers pas. Toutes ces lois qui devaient faire tant de bien, et qui n'ont engendré que des défiances, c'est vous qui les avez demandées, vous qui les avez aggravées. Alors il n'en faisait jamais assez; aujourd'hui il en fait toujours trop. En face de vous qui l'avez rejeté de vos rangs, et de vos adversaires qui, à cause de vous, sont devenus les siens, quelle voulez-vous que soit son attitude?

Ne croyez pas cependant que je désespère de la France; elle est forte de sa nature; et puisqu'elle n'a pas succombé à tant de désastres, il faut espérer que des intrigues ne la tueront pas. Laissez-la sortir de l'abyme, et soyez certains qu'elle en sortira, sans vous demander la main pour l'y aider. Avec son crédit, son armée, sa *glorieuse réserve*, avec la liberté de conscience qu'il n'est plus au pouvoir des cabinets de lui ôter, avec la liberté de parler hautement, dont on voit bien, ne fût-ce que par votre exemple, qu'elle n'est pas entièrement privée, toute meurtrie, toute abaissée qu'elle est encore, il n'est rien qu'on ne puisse attendre d'elle.

CHAPITRE II.

En continuation.

« Il y a trois ans, beaucoup de choses
« étaient possibles, qui ne le sont plus aujour-
« d'hui. » (1) Est-ce le fond de la question ?
je ne crois pas même que ce soit tout le fond
de votre pensée. Le fond de la question, le
voici :

Il règne en Europe deux puissances en
conspiration permanente l'une contre l'autre.
La première, qui a bien pour elle au moins la
majorité numérique, tend à la stabilité par la
liberté ; et ce qui est pis encore, ne conçoit pas
la stabilité hors la liberté. Ceux qui douteront
de son existence n'ont qu'à faire un petit
voyage en Allemagne, ou même en Espagne.

---

(1) Neuvième partie de la Corresp. de M. Fiévée.
page 74.

L'autre voudrait de l'immobilité, mais
comme elle commence à apercevoir que le
mouvement universel l'emporte en dépit d'elle,
son industrie s'est réduite à fausser ce mouvement, pour l'exploiter à son profit; ses calculs
ne sont pas heureux.

D'abord elle a beaucoup tonné contre les
novateurs; ce n'étaient que des impies, des
rebelles; on invoquait le pouvoir absolu
comme un sauveur. De graves publicistes s'é-
vertuaient à prouver que, hors ce pouvoir, il
n'est point de salut, on vantait les charmes de
la féodalité. On offrait le moyen âge comme le
type du beau. Toutes ces lugubres ou bizarres
déclamations effrayèrent un moment et dé-
goûtèrent ensuite; il fallut changer de ton.

Dans la seconde période, on reconnut enfin
cette puissance qu'on avait niée constamment.
C'était quelque chose ; Vénézuela et Buenos-
Ayres n'en sont pas encore là : mais on la reconnut pour se moquer d'elle. Tout ce que tu
as acquis, lui dit on, est bien à toi ; mais tes
titres sont nuls, et tes droits usurpés. C'était
déclarer un homme faussaire, et lui conserver
le prix du faux. Voilà pourtant comme on doit

traduire la fameuse distinction entre les intérêts moraux et les intérêts matériels.

Comme on ne peut cependant point fermer
toujours les yeux à la lumière, il fallut bien
enfin convenir que cette magnanime conces-
sion n'était rien sans la sanction des titres.
Alors , rapprochement fraternel et douces
étreintes : Romain et *Barbare* n'eurent plus
qu'une même langue, on balbutia d'abord
d'assez mauvaise grâce ces vilains mots de
charte, de liberté, de droit public ; et à force
de les redire, on parvint à les prononcer
comme si l'on n'avait fait autre chose en sa vie ;
et l'on crut avoir en tout point satisfait au pré-
cepte du sage : *Si la peau du lion ne suffit pas
pour te couvrir, il y faut coudre celle du re-
nard.*

On la cousit, mais maladroitement ; il per-
çait toujours quelque chose dans les vides.
par exemple, on défendait de tout son cœur
la liberté de la presse, mais en lui donnant
pour compagne l'inquisition religieuse ; on
proclamait hautement l'utilité du jury pour
les délits de la presse, mais avec des élémens
et des conditions qui le fesaient ressembler au
vénérable corps des éphores. Ces auxiliaires

des tribuns, ces nouveaux tuteurs de nos libertés n'aperçoivent pas plutôt un léger in-
dice de liberté, qu'aussitôt les voilà qui s'é-
chauffent à lui courir sus, laissant, dans leur
ardeur, tomber le masque comme s'il était en
leur pouvoir de le reprendre au besoin.

Une sage prévoyance rassure-t-elle la
bravoure et le mérite contre l'intrigue et
la faveur? le roi veut-il constituer son armée
sur des bases plus larges et plus nobles, et
plus solides, élever le code militaire jusqu'à
nos institutions politiques, éteindre enfin à
jamais cette différence du citoyen et du sol-
dat qui fut, il y a quinze siècles, l'origine de
la féodalité; veut-il qu'un Général, en prenant
congé de lui pour rejoindre son armée, ne
puisse pas lui dire : Sire, je vais combattre
vos ennemis ; mais je vous laisse parmi les
miens? Sur-le-champ, toutes ces voix qui
chantaient les merveilles de l'égalité , s'é-
lèvent de concert pour crier au scandale. La
prérogative est perdue, le trône est avili,
disent-ils. Je voudrais bien savoir si la gloire
du trône parlait aussi fortement à leurs cœurs,
dans ces jours de lutte vigoureuse où ils
s'efforçaient d'éluder l'initiative en l'étouffant
sous les amendemens.

Si nous remontons plus haut, une loi qui n'est point déduite de la charte, mais qui est la charte elle-même, rend-elle participans aux fonctions électorales tous ceux qui réunissent les conditions nécessaires pour être électeurs? On s'écrie que la propriété a perdu son ascendant, comme si cent mille électeurs ne présentaient pas une aussi forte masse de propriétés que vingt mille. La postérité, dit M. Fiévée, jugera cette loi. Sans doute, et cette loi et les antagonistes de cette loi.

Tel est donc le fond de la question. Malgré toutes ces concessions apparentes, vous ne cédez rien en effet. Malgré tous ces faux semblans d'amitié, vous restez ennemis dans le cœur, ou, pour me servir des expressions d'un poëte dont le dernier ouvrage dramatique n'a pas trouvé grâce devant vos yeux,

Vos bras sont désarmés, vos cœurs ne le sont point.

La barrière qui sépare vos pensées des nôtres demeure immobile. En dépit de ce vain étalage de sentimens désavoués par les faits, c'est vous, c'est bien vous, c'est toujours vous.

Revenons à M. Fiévée. J'ai dit qu'il ne mon-

trait pas le fond de sa pensée. Voici sa phrase
toute entière. « Il y a trois ans , beaucoup de
« choses étaient possibles, qui ne le sont plus
« aujourd'hui ; et s'il reste à la France des
« moyens de salut, ils sont dans la publicité,
« la bonne foi, et *l'alliance des supériorités*
« *politiques et morales.* » Or, ce qui était
possible il y a trois ans, c'est *le pouvoir ab-*
solu. « Le pouvoir absolu nous a manqué dans
« un moment où l'on s'y serait précipité de
« toutes parts (1). » De toutes parts ! en êtes-
vous bien sûrs ? Au défaut de ce pouvoir absolu, que nous faut-il ? la publicité ; y pensez-
vous ? et les sociétés secrètes ! La bonne foi ! Je
viens de montrer un échantillon de la vôtre.
L'alliance des supériorités politiques et morales,
ce mot est pompeux, il faut en examiner le
sens. Je tâcherai que l'examen soit court, car
j'ai pour principe qu'il ne faut pas dire en
plusieurs mots ce que l'on peut aussi bien
faire entendre en un seul.

---

(1) Neuvième partie de la Corresp. , page 10.

CHAPITRE III.

Alliance de toutes les supériorités.

J'ai bien parcouru la charte. A chaque page, à chaque ligne, j'ai vu le mot d'égalité; je n'ai vu nulle part le mot de supériorité. Celui qui en tête de nos droits politiques a écrit que les Français sont égaux devant la loi, quels que soient leurs titres et leurs rangs, aurait-il voulu que les titres et les rangs fussent une supériorité *politique?* Ce premier article de la charte, c'est l'esprit de la charte. Car dans une législation bien ordonnée, comme dans un système régulier, les dispositions successives s'engendrent l'une et l'autre. La pierre angulaire de l'édifice, c'est l'égalité; l'égalité, j'aime à redire ce mot, je voudrais le redire jusqu'à ce qu'il devînt familier aux oreilles qu'il effarouche.

Mais je me ravise. Ces supériorités politiques, ce sont les supériorités pécuniaires sans doute,

2

si l'ascendant de la propriété fonde la monarchie. Vous qui déplorez la misère de ces émi-
grés « restés dans un dénuement si absolu, que,
« si la France le connaissait, sa générosité natu-
« relle s'en révolterait, » voulez-vous donc les
rabaisser encore? La loi les a réduits à l'égalité,
vous les réduisez à la condition d'ilotes.

Encore si cette prétendue alliance n'était
pas une chimère à mettre avec les trois pou-
voirs et les trois initiatives et tant d'autres belles
théories, qu'on n'abandonne pas, tout en adop-
tant d'autres théories qui les contredisent? des
supériorités morales et des supériorités pécuniaires! Eh! quoi de moins moral que les supériorités pécuniaires? n'est-ce pas avec de
telles supériorités qu'un homme, après avoir
tué un autre homme, jetait sur le cadavre de
quoi le faire enterrer, et s'en retournait quitte
envers la loi? n'est-ce point avec des supériorités pécuniaires, qu'une nation qui compte
parmi ses domaines la terre où se forme les
diamans, dont le commerce enveloppe le
monde comme dans un vaste filet, qui a la
plus ancienne, et à ce qu'on prétend la meil-
leure constitution de l'Europe, est condamnée
à vivre la munificence d'un petit nombre des

siens, et qu'à la lettre quelques milliers de familles renouvellent envers cette industrieuse nation l'exemple des jésuites du Paraguay?

Je suppose que par supériorités morales on entende parler des talens transcendans; il était juste que l'auteur fît sa part. Quelle alliance que celle de Voltaire et de Turcaret! L'homme qui a beaucoup d'esprit méprise au fond de son cœur l'homme qui n'a que de l'or; et l'homme qui a beaucoup d'or méprise au fond de son cœur l'homme qui n'a que de l'esprit. Je conçois à merveille l'alliance des supériorités mystérieuses, parce qu'un mystère découvert en fait découvrir un autre. Mais ce sont ici de belles et bonnes réalités.

Qu'est-ce donc que cette alliance? Rien autre chose que le tocsin d'alarme contre l'égalité. C'est l'égalité qui est notre ennemie commune, crie l'orgueil aux passions. Tout nous est bon pour la détruire. Poursuivez donc; arrachez à l'écrivain ce pinceau qui tracerait l'image de tant d'infortunes ignorées; dépouillez son éloquence des accens vifs et passionnés qui porteraient la terreur dans les ames au défaut du remords. Auxiliaire de toutes les tyrannies, si sa voix tonne quelquefois, que

ce ne soit point pour arracher Calas à l'écha-
faud, mais pour étouffer les gémissemens de
sa famille. Eh bien ! l'auxiliaire que vous avez
cru vous donner, vous ne le garderez pas
long-temps; en perdant sa vertu, il aura perdu
de sa force; en entrant dans votre ligue, il
n'aura plus d'armes pour la défendre; vous
faites comme un athlète qui énerverait ses
chevaux à l'entrée du stade, et leur ordonne-
rait de remporter le prix de la course.

CHAPITRE IV.

Fausse alliance.

Puisque nous sommes sur le chapitre des
alliances, il en est une qui heureusement tou-
che à sa fin ; elle ne pouvait durer; ce qui est
faux ne dure pas.

On se laisse aveugler par ses desirs, et
parce que les amis de la charte voudraient
la voir affermie, n'importe par quelles mains,

ils ont ouvert leurs rangs à un ennemi qui se donnait pour auxiliaire, et cet auxiliaire, pendant que la tribune retentissait de ses belles phrases sur la liberté, revendiquait dans une feuille clandestine le sang des malheureux échappés à la boucherie de Lyon. TIMEO DANAOS, c'est la plus vraie et la plus sûre devise.

CHAPITRE V.

Si l'aristocratie des richesses est absolument nécessaire à la Monarchie.

DEMANDEZ à Montesquieu sur quoi se fonde la monarchie. Il répondra sur l'honneur Faites la même demande à M. Fiévée; il répondra sur l'argent. Ce n'étaient donc pas des monarchies que ces états des anciens Germains, d'où sont pourtant sortis les états modernes avec leurs constitutions; car les grands n'y possédaient, en effet, rien; les financiers, c'étaient les serfs, obligés de nourrir leurs maîtres sur le produit des terres : *Nulli domus aut ager, aut aliqua cura; prout ad quemque venére, aluntur.* TAC. de Mor. Germ.

Veut-on connaître la pensée de Delolme sur la nécessité de ces influences, laissons-le parler lui-même.

« Nous voyons bien, dit-il, que dans tous
« les états de forme monarchique, les hommes
« élevés au-dessus du reste du peuple par leur
« opulence, ou par leur crédit personnel, ont
« toujours formé des combinaisons entr'eux
« contre le pouvoir du monarque. Mais il
« est bon d'observer que leurs vues, en for-
« mant ces combinaisons, ne tendaient à rien
« moins qu'à limiter l'autorité souveraine d'une
« manière générale et impartiale. Ils cher-
« chaient à se soustraire entièrement à cette
« autorité, ou même, selon les circonstances,
« à l'anéantir entièrement. C'est ainsi que nous
« voyons dans tous les états de la Grèce les
« rois finalement détruits et exterminés. Les
« mêmes événemens ont eu lieu en Italie, où
« l'on a vu dans les anciens temps l'existence
« éphémère de plusieurs petits royaumes,
« ainsi que nous l'apprennent les historiens
« et les poëtes. Nous savons même de quelle

« manière une telle révolution eut lieu à Rome.
« Dans des temps plus près des nôtres, nous
« voyons les souverainetés monarchiques qui
« s'étaient élevées sur les ruines de l'empire
« romain, détruites l'une après l'autre par de
« puissantes factions; et des circonstances à
« peu près semblables ont eu lieu en diffé-
« rens temps, dans les divers royaumes de
« l'Europe. En Suède, en Danemarck, en Po-
« logne, par exemple, nous voyons les sou-
« verains fréquemment réduits par les *nobles*
« à l'état de simples présidens de leurs assem-
« blées, de chefs ostensibles du gouvernement.
« Dans d'autres contrées, comme en France
« et en Allemagne, où les monarques, pos-
« sesseurs de domaines considérables, se trou-
« vaient mieux en état de maintenir leur pou-
« voir, les grands ont osé leur faire la guerre,
« tantôt seuls, tantôt conjointement. La même
« chose est arrivée successivement en Ecosse,
« en Espagne, et dans les royaumes mo-
« dernes d'Italie. » *Delolme*, ch. 17, t. 2.

On voit si le système abandonné pour toujours vaut les regrets qu'il excite. Une guerre
sourde, quand elle n'était pas manifeste; l'état
poussé du despotisme à l'oligarchie, et re-

poussé de l'oligarchie au despotisme, et l'humanité constamment écrasée entre deux chocs. Louis XIII et sur-tout Louis XIV en dénaturant la monarchie féodale, pour en faire la monarchie absolue ; préparèrent la monarchie véritable, qui n'est pas plus celle de Constantinople que celle de Pologne.

Dieu nous a donné les circonstances les plus favorables qu'il pût accorder à un peuple fatigué et dégoûté de toutes les servitudes ; car je ne sache pas qu'il soit au monde une nation dont le caractère et l'esprit, et la manière d'être en toutes choses, soient plus en harmonie avec le système de gouvernement établi chez elle. L'égalité était dans nos mœurs avant d'être dans nos lois. Grâces à une secousse violente, mais salutaire, elle a passé dans les propriétés autant que cela se pouvait, sans amener la dissolution de l'état. Et c'est aujourd'hui, dans cette division de la propriété, si féconde en intérêts, que l'on propose d'émonder la plus grande partie de ces intérêts, comme des branches parasites ! On ne veut pas voir ou l'on ne veut pas avouer qu'un système de signes qui serait en opposition avec le système des choses signifiées, serait un faux système; que des gages élevés, mais rares dans un ordre de choses où les intérêts sont nombreux, mais modiques, serait un contre-sens perpétuel. Ce n'est pas un vain mot que celui de représentation; il ne renferme toutes les garanties, que parce qu'il renferme tous les signes. L'excellence du gouvernement représentatif consiste principalement à représenter tout, opinions et intérêts; car, plus il y a de choses représentées, plus, par conséquent, le gouvernement est représentatif.

On nous cite à tout propos l'exemple de nos voisins, et je ne veux que l'exemple de nos voisins pour appuyer ma thèse. Quand le gouvernement représentatif s'établit chez eux, il trouva des intérêts assez peu nombreux pour se représenter eux-mêmes immédiatement, et d'autres trop nombreux pour admettre une représentation immédiate. Que s'ils étaient partis du nouveau principe qu'on met en avant comme une pierre angulaire, les petits intérêts ayant une représentation toute trouvée dans les grands, je ne vois pas pourquoi la représentation eût été double.

Les premières monarchies furent démocratiques. Il est donc faux que l'esprit démocra-

tique , puisqu'on s'obstine à le nommer ainsi,
soit l'antipode de l'esprit monarchique. Ces
deux esprits s'allient parfaitement dans la famille naissante , et mieux encore dans la famille adulte. Enfin , de l'aristocratie et de
l'égalité , quelle est la plus contraire à la monarchie ? L'histoire a répondu pour moi.

CHAPITRE VI.

De la Majorité.

JE ne puis pas ne pas être d'accord avec
M. Fiévée , sur l'influence nécessaire de la
majorité dans un gouvernement qui met sa
force dans la majorité. Seulement je l'entends
autrement que lui.

De bons esprits ont pensé avec M. Fiévée
que la représentation actuelle était réduite,
en effet , à des dimensions bien exiguës. Mais
si on leur eût demandé quelles sont les dimensions naturelles de la représentation , ils seraient
restés courts. J'ai dit quelque part : « Une

« probabilité ne peut être à la fois morale
« et mathématique. Si l'on vous somme de
« fixer la limite, vous ne sauriez. Elle n'est
« donc point mathématique; et si elle n'est
« que morale, comment peut-elle être dans
« les nombres ? »

Laissons de côté cette dispute futile; car
c'est ne raisonner sur rien que de raisonner
sur une chose impossible à déterminer. Je dis
impossible, et je le prouve. Dépassez une fois
la limite, chacun la replacera selon son ca-
price. Vous jugerez que ce n'est pas trop de
cinq cents députés; tel autre jugera que ce
n'est pas trop peu de trois cents. Je crois qu'il
sera facile de s'accorder, quand on aura trouvé
la moyenne proportionnelle entre deux ex-
trêmes inconnus.

Mais supposons un moment cet accord possible. Je crains que pour un bénéfice imagi-
naire, vous ne couriez le risque d'une perte
réelle. C'est que la charte une fois entamée
sur un point, il n'y a pas de raison pour qu'on
ne l'entame sur d'autres. C'est une brèche
ouverte, et vos ennemis y peuvent passer aussi
bien que vous. Je prévois l'objection; pourquoi donc ne pas l'exécuter en tout point ?

Si c'est un mal de l'étendre, n'en est-ce pas
un de la restreindre ? Certes, on ne me verra
pas justifier les restrictions ; rien que la charte,
mais toute la charte. Il me semble que ce n'est
pas seulement le cri de la justice, mais le con-
seil de la sagesse. Et toutefois, oserai-je hasar-
der une pensée, au risque de la voir traiter de
paradoxe, de sophisme, de tout ce qu'on vou-
dra ? Une restriction laisse voir le but, et la
preuve, c'est qu'en ordonnant la restriction,
l'on ne peut s'empêcher de montrer la chose
restreinte. L'extension au contraire éloigne du
but marqué, et n'en laisse pas voir d'autre ;
la nature des restrictions comme celle des extensions, c'est d'aller en diminuant ; mais avec
cette différence que là c'est l'autorité qui recule,
et ici, c'est le peuple. J'en conclus que l'autorité
qui demande des restrictions est toujours mal
conseillée, puisqu'elle prépare son affaiblis-
sement ; mais j'en conclus aussi que ceux qui
demandent des extensions sont aussi mal con-
seillés ; car s'ils rétrogradent une fois, ils ne
savent où ils s'arrêteront.

L'Angleterre, toujours l'Angleterre ! Rien
de commode, comme les analogies qui dis-

pensent d'avoir une opinion àsoi; on ne veut pas considérer que, pour prendre entièrement exemple sur d'autres, il faudrait que ces autres-là se trouvassent dans la même situation, avec les mêmes antécédens, les mêmes élémens, les mêmes besoins; il faudrait qu'ils fussent vous. Même en négligeant tout cela, jamais exemple ne fut, à mon sens, plus mal choisi que celui de l'Angleterre. C'est qu'il n'y a pas au monde une représentation plus vicieuse dans son principe et plus dérisoire dans ses effets. Vous comptez à la chambre des communes plus de six cents membres; moi j'en compte à peine soixante; car ce n'est pas tout-à-fait représenter les communes que de siéger dans la chambre des communes.

Ce n'est pas tout de dire que le nombre actuel des élus est insuffisant; il faudrait déterminer le rapport nécessaire des élus aux électeurs, et comme après avoir épuisé toute votre industrie dans cette recherche, vous ne trouveriez au bout que ce que vous y mettriez de fantaisie, force vous serait d'avouer qu'un rapport arbitraire n'est pas un rapport nécessaire. Accoutumés à ne rien envisager que par

abstraction, et dans une rigueur géométrique,
nous nous figurons la substitution des élus aux
électeurs, comme une substitution entière,
absolue, illimitée, sans réserve et sans retour.
C'est une erreur qui tient plus au nom qu'à la
chose. La nation, en se donnant des représen-
tàns, n'a pas tellement abdiqué sa volonté,
qu'il ne lui en reste encore pour éclairer
leurs résolutions. Comme l'a fort bien dit
M. Fiévée qui me prête en ceci des argumens
contre lui-même, les voix après avoir été comp-
tées au-dedans sont pesées au-dehors .Faible
ou nombreuse, la représentation sera toujours
bonne, quand elle sera d'accord avec l'opinion; et toutes les fois que la représentation
faible ou nombreuse contredira l'opinion,
elle ne fera que préparer un facile triomphe à
la représentation qui la suivra; la majorité,
c'est donc l'opinion, et tôt ou tard il faut que
cette majorité l'emporte. Par exemple, c'est
l'opinion qui veut la réforme parlementaire
chez nos voisins; et tôt ou tard, et en dépit de
tant de minorités successives, ou je me trompe
fort, ou la réforme parlementaire aura lieu.
Laissez donc là cette question vicieuse du nom-

bre ; ne voyez-vous pas que mille députés ,
comme ceux de 1815, votant tous dans le
même sens, ne seraient encore que la *mino-
rité?*

CHAPITRE VII.

Du monopole des mots.

J'AIME la charte ; donc j'aime son auteur.
Ce raisonnement est concluant aux yeux de
ceux qui ne connaissent pas d'effet sans cause.
Mais il est des hommes qui s'emparent d'un
mot pour le décomposer dans ses radicaux,
et se faire des titres réels de ces radicaux.
Parmi tant d'exemples de ce monopole, je
n'en citerai qu'un ; l'on jugera des motifs de
la préférence.

En 1793, quelques hommes trouvèrent que,
sous le règne de la patrie, les patriotes avaient
naturellement droit de vie et de mort sur ceux

qui n'étaient point patriotes. En effet, la patrie n'est-elle pas toute-puissante ? Les ministres de la patrie doivent donc être tout-puissans. Que répondre à un argument de cette force ? Je l'avais cru tout à fait tombé en désuétude; mais voilà qu'on le reproduit, à quelques circonstances près, et pour cause. Emplois, honneurs, pouvoir, tout sous le roi est naturellement le partage des royalistes : or nous sommes royalistes; donc tout ce qu'on ne nous donne pas, on nous en dépouille. La logique de ces Messieurs ressemble malheureusement beaucoup à la logique des autres.

On devrait nous voir par-tout, et l'on ne nous rencontre nulle part. Cette phrase est énergique. *Haïs comme des vainqueurs, traités comme des vaincus,* celle-ci est plus énergique encore. Un étranger qui lirait toutes ces belles choses ne manquerait pas d'en tirer une conséquence étrange; c'est que les *royalistes* n'aiment pas le roi.

S'ils l'aimaient en effet, ne s'empresseraient-ils point d'augmenter le nombre de ses amis, au lieu de le circonscrire ? Oublieraient-ils cette politique d'Henri IV envers Mayenne et

Mercœur, qui prépara le règne de Louis XIV ?
S'ils l'aimaient, conserveraient-ils une déno-
mination qui n'a de force que parce qu'elle est
exclusive ? S'ils l'aimaient, entretiendraient-
ils l'Europe dans cette opinion, qu'il y a deux
Frances en France ?

Je hais tout ce qui est inventé pour éterniser
les haines ; et je ne me fais pas une haute idée
d'un droit fondé sur un mot.

CHAPITRE VIII.

Les deux Vocabulaires.

Ce serait une chose assez curieuse que les
deux Vocabulaires en regard l'un de l'autre.
On pourrait écrire en tête de l'un, *mystère* ;
en tête de l'autre, *vérité.*

On lirait dans l'un ces mots, *intérêts révo-
lutionnaires*, c'est-à-dire intérêts qui s'oppo-
sent à une révolution ; dans l'autre, *intérêts*

3

aristocratiques, c'est-à-dire intérêts qui poussent à une révolution. Dans l'un, alliance de toutes les supériorités pour affermir la charte qui est fondée sur l'égalité ; dans l'autre, alliance de toutes les libertés nées de l'égalité. Dans l'un, royalistes, ou gens qui prétendent que tout leur appartient par droit de naissance, quoiqu'à un très-petit nombre d'exceptions près, il n'y ait plus de droit de naissance, et par droit de conquête, quoiqu'ils n'aient rien conquis ; dans l'autre, Français, c'est-à-dire enfans d'un même roi et d'une même patrie.

FIN.

www.ingramcontent.com/pod-product-compliance
Lightning Source LLC
Chambersburg PA
CBHW072259210626
46818CB00017B/1868